目次

蜘蛛の巣

僕だけがインターネットの亡霊で他のみんなは居酒屋にいる

君の目は実家のシャワーみたいだねあたたかいのに急に冷たい

デイリーを消化している指先で弾き飛ばした親の近況

課金ってホームランっぽい音だから気持ちいいけど体を壊す

人類の祈りはすべて神様の迷惑メールフォルダに届く

サイコパステストを受けて正常な人間の烙印を押される

「感動の結末は九十秒後」誰かの指示がないと泣けない

決められたレールを走りたくないのなら人を轢く覚悟をしろよ

チケットの払い戻しが簡単に出来て私の命は脆い

やっと吐き出した祈りは流されて朝のアニメのスクショがバズる

ネットの海にいくら潜っても哺乳類　群れからはぐれた動物は死ぬ

夕方のニュースにならない死は多く動物園で象が生まれる

親というハンドルネームの指示厨が風呂に入れと言ってきて草

転載で数万いいねされている画像に感動して枯れる花

僕たちは平和の象徴じゃない鳩汚れてもいい色で生まれた

精神のコートを脱ぐとすぐ裸だから相手の顔が引きつる

「石を投げなさい」のところしか聞いていなくて石を投げまくる人

おい女　俺は女のキャラクターのことを「女」と呼ぶキャラクター

胸糞な漫画が表示されている　あなたの人生に基づいて

原作にないヒロインが現れて愛の物語にしてしまう

あの人の恋を応援する　水をやり過ぎた花は枯れるらしいし

彼の好きだった漫画が最悪なキャストで実写化されますように

バズりやすい言葉で話したくなくてわざと名詞を削ったりする

「し」の予測変換に死は追いやられ　シチュー　シナモン　シーザーサラダ

配信の向こうのライブハウスでは無のアンコールに舞い戻る音

帰ったらうがい手洗いおまじないい夏になったら海に会いたい

火が消える　あなたのことを好きだった時間でベンツが買えたんですよ

「この恋を削除しますか？」「はい」ずっと空にできないごみ箱がある

衝撃のラスト五分を見逃すなそのために八十年生きろ

僕の名前だけが流れるはずだったエンドロールがまだ終わらない

カットフルーツ

青空に正しい色が満ちている不安　地上を走る地下鉄

切実な答案用紙を書いている途中で取られて合格らしい

この回は多分ハズレの枝分かれ　熟さない果実を磨いてる

ギリギリの寿命じゃなくて内容を見てほしかった命のスクショ

リソースを仕事に割いている脳が雑談により止まってしまう

現実は重くて読み込もうとすると進捗の終わらない足踏み

頑張って第二希望の人になり狭い休憩室の喧騒

話せないことばかりあり本物になりかけている擬態のぬめり

共感性羞恥のせいで人間を直視できない新人の神

じっとしていると世界に闇が満ち求めれば明るくなるトイレ

すみません、と言ったときの目　間違った直後にオートセーブが入る

いつ進化するんだこいつ　攻略によると俺ってこのままらしい

似たようなビルは迷いの森となり社会から出られない社会人

もう闇はダサくて纏いたくないし黒い翼も取り外したい

本当の角度で誰も見てくれずハルキゲニアと肩を組む　肩?

将来の夢を描くには遅すぎるパレットの隅っこにある余白

間違って明るく喋りすぎた夜　使い終わった電球の焦げ

苦しみを変な数値で比較され棒グラフの棒で殴られる

お焼香だった　ぶっつけ本番の見よう見まねでやる人生は

大丈夫、時間が解決してくれる　時間の神様がワンオペで

変身

最強の武器にも鎧にもなってきらめく爪のパステルカラー

言うときの自分のこともかわいいと思っていますお見知り置きを

宝くじみたいに助かったとしても無駄にならない結晶を持つ

途中から参加したけど楽しめて前日譚をさかのぼる旅

人類を救うには足りないけれど落ちた定期を拾う握力

やさしさを強さに換算して重いパンチと同等のハグをする

ファイティングポーズをやめて手を振った力を抜けば浮遊する海

ひとりでは抱えきれないたくさんの持つべきものをあなたと背負う

前を向く　涙はこぼれてしまうけど色の変わった地面の軌跡

ハンバーグ等間隔に切っていく受け取りやすい幸せにして

望まない変身だけど毒虫の毒をありがたがる人もいる

日常を奏でるレジ袋を持って生活というステージに立つ

歌詞を噛み砕いて気づく栄養が口内炎を治してくれる

てつはうのやさしい響きに憧れてしまうひとつの弾丸として

嫌な言い方をするならそうですね私は愛と呼んでいますが

顔が好き、　とかで良くって正直な弱い理由で愛し続ける

感情を尊い順に並べなさい　怒りを最下位にするとして、

ウ　オ　エ　ア　イ　分からない問いばかりでもアイは間違っていないと思う

意味もなく光ってる星　きみはよくその無根拠で助けてくれた

ループして不死身みたいに流れてる音楽でかがやく御神体

うるさい機械

誰ひとりきみの代わりはいないけど上位互換が出回っている

いつもより少し豪華な弁当が半額で嬉しいな　死にたい

暗がりで暮らしたいのに旅先のお菓子を配る腕が近付く

腫れ物として扱われる方が楽だから消毒液を向けるな

限界が来ても表面張力のおかげで、今日も頑張りましょう

繰り返し充電すれば何度でも　無理　何度でも歩いて行ける

急停車します　心に吊り革はないので各自耐えてください

友人が去った線路を眺めてはまだ運転を見合わせている

これはペン　いいえトムです　いいえもうトムは誰かのペンなのですよ

「休日は骨折しよう！」骨破壊センターからのお知らせでした

深海に住めばあいつは光るだろう僕は両目がなくなるだろう

貝殻がなくても貝の仲間だし血が出なくても傷付いている

遺された留守番電話の音声に何度も同じ相槌をうつ

もう切れたゴールテープが見えていてそれでも維持する生活の意味

あれなんで冷蔵庫を開けたんだっけなんのために生きてるんだっけ

あたためることのできない心臓とつめたいままのきんぴらごぼう

液晶に映った月を汚れだと思って拭いた　諦めている

いい大人なのに大人を信じない　持ち手もナイフになってるナイフ

困ったら頼ってほしいと言われても錆びた手すりに触りたくない

わたくしは便利な道具でございます操作手順を誤って死ね

友達と会って中断してしまうくせに呪いだなんて笑える

現実を直視してこなかったので天才として生きるしかない

人という字を書くときは支えてる方に感情移入して書く

下巻から読んでしまったせいだろう君が抱えるものを知らない

駆け出しの思想家達はアルバイトしながら夜に思想している

いまもまだ惑星だった頃の夢を見るんだ　冥王星に降る雨

冬を乗り越えて自分が造花だと知ってしまった向日葵の夜

目にうつるすべてのものはメッセージ　あの看板にも笑われている
正常な証明として人を轢き殺せる機械の免許を見せる

つま先に十一月の蚊が落ちてハローワークの帰りの電車

リクルートジュースを飲んで就職に有利な栄養素を摂りましょう

関係のない人間が逃げろとか負けてもいいとか言う相談所

ずっと邪魔だった翼を捨てた夜コンビニで立ち読みする天使

いつも見る名前も知らない店員が小鳥や鈴として生きていた

五年ぶりに開いたメールボックスで動く絵文字がまだ生きている

はじめてのライブハウスまでの道でストリートビューになかった花屋

紫陽花はどんな色でも紫陽花でひとでなしでも私はひとだ

元号が変わる前からそこにある梅　スタンバイお願いします

鶴を折る　たとえ白紙に戻っても折り目のついた翼の在処

死にたい　違う　死ぬくらいなら海のある町まで逃げて暮らすんだった

泥水とパン

勧誘を蹴って夜空の蟹になる　自分で光るのはしんどいし

くじ引きで決めたみたいに愛されて無ければ無いで別に良かった

神様の手の甲の上　平面の地球はコイントスで裏返る

決められた未来に閉じ込められている砂時計から砂を出すには

やめなさい親から貰った大切な体で食事や睡眠なんて

走り出すための屈伸運動を煽りだと思って殴る人

念願の試合が敗者復活戦なんだけどいつ負けたんだろう

胸にある箱の中身はなんだろな　うわ動いてる　愛？　罪でした

シナプスの四丁目には何も生み出せなくなった廃工場が

不揃いな気持ちを詰めた訳ありの人間として安く買われる

言葉という葉　あれが全部落ちたとき私は凡人になるでしょう

放置した原稿用紙が雑草にほとんど負けながらも生きる庭

愛してる　きみを何度も殺すため同じページの腹を開いて

盲目の恋が終わるとモノクロの世界が映るいらない視力

泥水に浸したパンを食べてみる不幸の経験値を得るために

物騒な事件のときに物騒な側の気持ちで胃に溜まる雨

祈っても廊下の切れた電球は点かない　指をほどかなければ

最悪な想像をして飲む毒が意外と苦しくない毒だった

示したいあなたが批判されながら起こすすべてのことに理解を

同じ生きづらさを生きてきて僕ときみに見られる収斂進化

愛とかじゃない

観客のいない人生だとしてもわたしは舞台袖にいるから

時間割まだ覚えてててたまに見る夢で体操服を忘れる

賞賛がわずかな毒で全部死ぬ　見つけてしまうトロフィーの傷

午後五時の街灯が嫌　一斉に「心配してた」みたいに点いて
土曜日に土星に行って死のうかな輪っかも用意してくれてるし

停滞を全部気圧のせいにして床と親しくなる日曜日

入口で羽ばたくように傘を振るわたしは濡れて飛べなくなった

肺呼吸　海と別れて進化した僕らの声はいつも苦しい

ひかりってひらがなで書くひとがいてそれに照らされたいと思った

惑星を見つけてきましたもうこれであなたを責める人はいません

昨日からあなたのことを考えて友情ということにしている

かたちのないものだからいくらでもあげるよたったの二十一グラムだし
対岸の恋で充分だったのに勝手に渡らないでください

穏やかな生活の初心者なのでアロマで床をべちゃべちゃにする

具体的なことをしたいよ愛とかじゃなくて机を拭いてあげたり

もしきみが世界を敵に回したら最初にやられる敵になりたい

真夜中を盗むつもりの泥棒が目印にした黄色いシール

月を見てうどんを思い出しているまたふたりで月を壊したい

ひびを見る　あなたがくれた鉄筋が体に通っていて狂えない

ごみの日をちゃんと守ったことがなく死後の査定に影響が出る

恋は錯覚だとエッシャーは言った　嘘　でも確かに永遠の階段

シェルターの中はあたたかくて何で避難したのか忘れてしまう

消防ですか救急ですか愛ですかタクシー代わりにしてくれますか

なんかさあ、冷めたお湯って水よりもまずいしもう戻せないんだよね

きみがいた記憶は全部穴になり心の耐震強度を下げる

御を消して欠席　途中まで読んだ漫画の最終巻が出ていた

水兵はリーベの意味を最後まで教えてくれなかったね　リーベ

気に入らない過去は消してもいい何度作り替えてもあなたの船だ

定番の歌で泣いてもいいいらしい夢も未来も恥ずかしくない

好きだけど最終回はそんなにでゆっくり生きていてほしかった

ブルーライト

その川はほとんど実家だったから親より先に流す近況

決められた中からサムズアップして気持ちの数が狭まっていく

自らを消す方法を探してる汚れた海で鳴く哺乳類

増えすぎて死ねなくなった私たちいつまでもベッドで飛び跳ねて

週五日働くなんておかしいよ深く思考のできない渦で

音よりも光が先に届くから画面の方を信じてしまう

濁流を眺めるように火を　見ない方がいいのは明らかなのに

美しく夜の帷に燃えうつる青い光で寝苦しい二時

見てほしい見ないでほしいきみにだけメールで別送するパスワード

深々と頭を下げて想像のランドセルから道徳が出る

へえ、お前深淵のこと好きなんだ　深淵もお前のこと好きだって

光のある場所へ行きたい　回線が遅くて表示されない未来

何重も言い訳をして遅らせる変化　雨だし祝日だから

薄暗い線路にひとり残されて五人の方が死ぬのを願う

数秒の動画がマシンガンだったようで頭に増える空洞

ちゃんと寝た方がいい　耳をちぎっても絵が上手くなるわけじゃないから

知らない人が知ってる人になっていくこの前言ってたラーメンを買う

既出でもそれはあなたの物語　だからあなたを見ているのです

人が死ぬ漫画がすべて灰になる　神の価値観による配慮で

軽率に虹の根元を掘り起こしそれから晴れることはなかった

複雑な手の形

換気扇こわれてずっと回ってる狂えば生きやすくなるのかな

親戚のような洗濯機の裏で余計な魂のいる気配

スカスカの日々にジェンガの逆をする　土台を固めるための料理で

分からない漢字を飛ばして読むときの感じでずっと働いている

馴れ馴れしい他人みたいなあたたかさ脱いだばかりの服を拾えば

きみたちを愛する努力をしたいけど繋ぎ方の分からない手ばかり

やさしさの獣を皮膚の下に飼う　ヒトと共存する夢を見て

苦労のない穴、さようなら　永遠に落ちない花火がある前提で

一億の脳を納得させようとせずに静かな押し入れに住む

感覚を売ってくださいい他人との差異を潰して笑いたいから

分かり合うための進化を諦めろ脆い化石の先輩曰く

取れかけたボタンをひとつひとつ縫うこれは何者でもない時間

太陽が暗い　勝手なフィルターのせいで私が悪いみたいに

雨の降る予定を知りながら干せば怪訝な顔をするバスタオル

どれくらい走れば崖に着くのだろう　私の死には前例がなく

生きたいよ、ずっと生きたい　不死鳥の炎で人魚を焼いて食べたい

たいせつをめんどくさいが上回るもっと好きだと思ってたけど

会う気分じゃなくて見逃した様々　人生はアーカイブを残さない

また見てね、みたいな終わり　死ぬときもこんな感じで消えると思う？

ブレーメンの音楽隊を全部やるキメラ　独りで楽しく暮らす

あとがき

知人から「宇野なずきにあるのは才能ではなく仲間」だと言われたことがある。いや才能だろとは思うが、孤独なだけでは表現の幅に限界があるのも確かだ。

人はひとりでは生きていけない。ありふれた言葉だが、その通りだと思う。誰かと関わらずに生きていくことはできない。しかし、我々は本当の意味では他人と分かり合うことなどできず、「ひとりひとり」であることも忘れてはならない。孤独の集合体。他人は他人であり、自分は自分だ。

だからこそ、他人と違うことも、他人と同じことも、救いになり得ると思っている。あなたはみんなではないのだから、みんなと同じ気持ちになる必要はない。でも、あなたと同じ気持ちの誰かもきっと存在している。

この歌集でも、短歌によっては全く逆のことを言っている。あなたが様々な短歌を好きなように受け取り、勝手に救われることを願っている。

宇野なずき

収録二〇〇首。「蜘蛛の巣」（三十首）、「うるさい機械」（四十首）、「愛とかじゃない」（三十首）の一〇〇首は私家版歌集『最初からやり直してください』『透明な砂金』『花で汚れる』『もう関係のないエキストラ』に収録の短歌を再構成したものです。

さらに、「カットフルーツ」（二十首）、「変身」（二十首）、「泥水とパン」（二十首）、「ブルーライト」（二十首）、「複雑な手の形」（二十首）は書き下ろし一〇〇首です。

装画　須貝美和
ブックデザイン　鈴木成一デザイン室

宇野なずき

インターネットを中心に
活動している歌人。
大阪府在住。
二〇一四年一月から短歌を始め、
自主制作の歌集を
複数発表している。

二〇二四年六月二〇日　第一刷印刷発行

願《ねが》ったり叶《かな》わなかったり

著者　宇野《うの》なずき
発行者　國兼秀二
発行所　短歌研究社
〒一一二-〇〇一三 東京都文京区音羽一-一七-一四 音羽YKビル
電話 〇三-三九四四-四八二二・四八三三
振替 〇〇一九〇-九-二四三七五番
印刷・製本　モリモト印刷株式会社

定価はカバーに表示してあります。
ISBN978-4-86272-773-2 C0092